ALGUÉM, NINGUÉM

CAIO RUSSO

ALGUÉM, NINGUÉM

1ª Edição | São Paulo, 2017

LARANJA ● ORIGINAL

a primeira parte deste "alguém, ninguém" é uma inesperada prosa que toma a forma de versos. não à toa é um adágio – deve ser apreciado com cuidado, pois a cadência pode enganar. lentos devem ser os olhos que decifram, que sequestram estes silêncios entre sons. o que não é dito, o que não é escrito, o que não é tocado, as entrelinhas que agarram o suspense e o fazem emergir à consciência. a frase que não alcança o resto da linha, a frase interrompida, a frase gorada que conta a história mais do que a frase pronta.

laura josé ou josé laura? lúcia, a companheira de manicômio? o pai inutilizado? o avô enterrado? tolstoi? beethoven? tudo é personagem. todos se desvencilhando de todos – um atalho para a absolvição. a liberdade cara, entrecortada, murmurada entre os desgostos da injustiça, entre os devaneios lúcidos. a androginia é esse resgate necessário para o autoconhecimento.

e a segunda parte, poesia em traje de prosa, é, paradoxalmente um allegro. é preciso que o funeral seja degustado de forma rápida, crua, é preciso que francis acuda a protagonista. o importante é contar – regurgitar uma morte renunciada um milhão de vezes. são várias mortes que ruminam o manicômio.

e por que "alguém, ninguém"? para nos avisar dos intervalos. da reflexão libertária e, muitas vezes, aprisionadora. a imersão que consagra.

(este texto não se presta a explicar, mas a reverenciar outro texto. são assim as palavras: se prostram diante da força de algo mais vivo e mais forte.)

caio nos alerta sobre o silêncio, sobre a dramática suspensão dos instrumentos frenéticos, que se rendem à ordem do criador: é importante a quietude. a respiração contida – suspiro entre notas – o suspense que só tem sentido se o sobressalto vier, se o assombro for desencarcerado do temor. é assim que ninguém vai se decepcionar – as metáforas que bloqueiam a vertiginosa incursão, dando-nos espaço e tempo para refletir.

quem é laura josé? quem é josé laura? quem são seus companheiros de tragédia? lúcia? francis? mamãe? papai? vovô? são armadilhas.

só a liberdade importa.

whisner fraga

– contraponto op.111

Para Roberto D. S. Nascimento,
pelo dialeto da amizade

Não se compreende música: ouve-se
Clarice Lispector

Para quem lê um romance, assim como para quem escuta música, a terra em que se pisa é um fazer silêncio.
A imersão de quem mergulha no mar de silêncio com a boca fechada
Pascal Quignard

Adágio

[...] via dançar fora um corpo outrora tão próximo de algum agora,
tecia movimentos ininterruptos no tear ao redor,
espaço só aparentemente vago,
coberto por alinhavados ecos do distante,
vozes escondidas que do meu lugar também observaram o ritmo
dos dias que foram,
inconclusos;
e eu aprisionada na crisalida que fizeram me crer minha,
ali,
anotava o desconcerto do médico ao celular,
provavelmente ao facebook,
algum encontro marcado no inegável desejo aberto,
semana que vem chegará com vedados olhos de vontade satisfeita,
lembro-me de oferecerem-me um desses;
seguia com meus pais por uma rua,
desde o nascimento pareci estranho,
estranha,
quando recusei
então,
era uma aberração.

recordo-me de um rosto falante,
tanto faz,
soava a insegurança naqueles lábios,
trepidava a recusa em encaixar-me,
a cólera guardada pelo esquisito nascido do mesmo ventre;
naquela cara sustentava-se o crédulo da normalidade,
já não direi que em algum momento essa sensatez do cotidiano não abalou-me os ossos,
não fez com que subisse um incômodo arrepio nos pelos da perna,
leve prenúncio de primitivo mau-agouro;
e só assim que minha mãe,
ao trocar de lugar o saleiro desmantela terras sedimentadas a custo de lágrimas,
e faz com que a imagem da mão num instante,
guardada no vidro,
recolha rugas de escolhas desfeitas,
insistente,
marcas mantidas na louça que se acumula ao longo das horas,
de um dia,
das semanas,
de um mês,
do augúrio imperturbável;
dessa passageira das tristezas,
na vida de quem não queria embarcar.

Lúcia,
era ela quem salvava-me nos gestos delirantes da língua,
na criptografia da sua mente incoerente,
a cada dizer,
esculpia em saliva a memória do manicômio,
o hospício,
a casa de repouso,
a casa;
ainda me pergunto se não continuo quieto no quarto,
acaso a eternidade que me parece inescapável não é mais uma das
alamedas da indolência,
e eu quieta,
no solo do sono;
o escuro do quarto penetrava-me os olhos,
ou melhor,
meus olhos penetravam meus olhos no escuro do quarto;
bailava o quarto,
um fora-dentro,
não sabia bem se minhas costas encostadas na parede se
sustentavam nela ou o prédio inteiro em minhas costas,
sei que seguia quieta,
num mudo solilóquio conversava comigo mesma ao gesticular
afagos dispersos pelo espaço;
a escuridão era tamanha que não divisava paredes,
era eu o único muro intangível entre Eu,
e o murmúrio no quarto.
Eu,
pausou o escoar em mim,
nada pulsava,
não seguia,
nem estava,
inoculada a escuridão extorquia-me a existência,
era imortal,

intransigente,
inenarrável,
como se burilada em água-forte na fronteira do delírio.

enfim capturara em mim a lacuna de algum nome,
nunca vivi,
creio.

quantas vezes quebrei algo só para que me mandassem ao quarto
— Já para o quarto mocinha,
diziam,
às vezes meu pai,
sobretudo minha mãe,
gostava de ouvir dela
— Já para o quarto mocinha, pensar no que você falou,
conscientemente rasgava um pedaço das convenções familiares,
às vezes só puxava um fio e o tapete se desfazia na minha frente,
antecipava cada palavra que mamãe diria,
como uma melodia há muito arraigada nos bosques de mim
certa vez apareceu uma variação,
pequena modulação no timbre
— Mas é um moleque mesmo;
no quarto,
lembro de sentir cada pisada nas escadas,
as nervuras dos freixos que me davam boa-noite,
ouvia ao passar o passado de onde vieram,
era eu,
nesse momento,
uma andorinha de passagem,
pássaro que não faz ninho,
perdido em nula residência;
girava a maçaneta às escuras,
havia imóveis no quarto,
a cama que crescera da terra,
o guarda-roupa de quando o tempo era contado por eras,
antes de qualquer história,
observavam-me sisudos,
pouco interessados nesse alguém que chegara há pouco mais de uma década,
talvez duas,
não me recordo bem quando foi que cheguei,

ou se cheguei.
nasci deslocada em meio ao quarto,
à casa,
à família,
crescia diariamente a estranha sensação de ausência na origem,
parecia que eu viera ao meio,
pela metade,
um múltiplo molde molecular,
era como uma estranha bagagem acoplada ao ser,
desde quando ouço Beethoven?
só esses silêncios entre sons,
num tempo que esqueceu de vir.

Beethoven é um lamber de olhos abertos,
incômoda maciez sonora no dedilhado do tempo.

Beethoven é a presença indesejável,
como um plátano outonal no caminho da eutanásia de mim,
suicídio amplo,
tramado,
pensado,
como no dia que esqueci de nascer.

lembro-me de chamar Laura José Cardoso,
meu pai berrou, não sei se acertadamente
— Tire já os pés do sofá José Laura,
ao descer minhas mãos na circunferência do umbigo
vinha uma abstrata lembrança de que viera de algum lugar concreto,
numa de minhas primeiras crises,
lampejos de consciência,
acreditava-me uma página de facebook,
não alguém por trás do perfil,
só ele ali quieto,
com uma foto que era mais Eu do que eu mesmo,
não porque fosse o melhor ângulo de meu rosto,
parte bonita do que chamam Corpo,
nem uma foto minha acho que era,
a única foto minha mesmo foi um dia que peguei a Kodak
emprestada e saí pela casa
fotografando,
quando reveladas lá estava Eu,
olhos espantados no reflexo do copo,
a boca trancada no vidro de biscoitos,
pernas de vitória-régia submersas na poça d'água;
no perfil havia um rosto que estava todo organizado,
cabelos para o lado,
sorriso e tudo,
mas não era eu,
nunca tive nexo causal,
nem coerência alguma,
e continuava a dedilhar abaixo da cintura,
parecia algo,
uma fenda talvez,
quase uma haste,
havia um corpúsculo cambiante,
só não sei se para o lado,

ou dentro,
ou fora,
ou se havia;
ainda há.

nunca transei,
só com Darcy Francis,
tinha longos cabelos à altura da orelha,
às vezes chegavam curtos ao meio das costas,
dependia da iluminação;
sempre detestei luz central,
de igreja evangélica em que você encara a crueza do rosto,
despido da imaginação o rosto definha verdadeiro,
essas odiosas luzes brancas que no excesso força-nos a acreditar que
vemos,
observar algo é
perder algo,
no algo,
pelo algo,
em alguém.

esse hospício de mim era um xadrez sem peças,
tabuleiro ou parceiro,
só
a arquitetura do labirinto sem paredes.

inamovível comia-me no insosso tempo dos ponteiros,
tenho vago eco de que na segunda crise encontrei-me
incompreensível,
recostada num membro inerte,
completamente inacessível,
havia turbilhões ritmados,
ondas de vertigens que impediam-me de transitar da luz à
inoperância dos véus mundanos;
fractais imperceptíveis esfriavam minha respiração entrecortada,
sabia na pele que lá fora era noite,
em mim também.

era na gravidade que eu demonstrava minha teimosia,
por isso o universo fora-me incompossível desde o início,
deveria manter-me deitado junto ao chão desde o nascimento,
em firme consonância às leis da física,
a partir daí a incontornável queda constante;
batia os braços numa tentativa ridícula de plaino fracassado antes do começo,
a essência das horas é tentativa inócua do intempestivo,
só,
as pelancas de vovó eram o indelével sinal do meu fatídico encontro com a terra silente,
enfim o despencar ao fim,
inânime.

persistia inabalável no lustrar dos móveis,
mamãe na cruzada contra o passar do tempo na sua forma mais banal,
a poeira inabdicável,
a perenidade da face com cremes,
da lisa superfície imutável da madeira,
a mesa guardava o olhar do marceneiro após fazê-la,
intocada,
exalava o incenso de formol,
fuçava em cada falha da madeira,
conferia as frestas onde indesejados alguéns podiam instalar-se,
de repente,
incontrolável,
berrou a inconformidade da realidade ali emersa,
completamente impura,
— Meu Deus, o que é isso?

quando transei com Darcy Francis pensei comigo "quanta beleza
nesse rosto incomum,
acho que essa é a menina mais inconveniente que me deparei,
os olhos comeram-se tantas vezes quanto possível,
sugaram o lago da íris,
desse rapaz inabitável",
achava Darcy injetada nas faces que cruzavam comigo na rua,
nos sonhos da minha cama impessoal,
certa vez Francis apareceu-me no corpo da velha,
não podia come-la,
todos sabem que velhos não transam,
velhos são monastérios inorados,
só fazem bolinhos de chuva.

percebi-me impotente,
insuicidável,
fatiei-me intacta,
falsa,
não tinha direito à morte,
queria Eu um funeral convencional,
cheio de comentários hipócritas
— Ela era tão bonito, tão jovem,
— Ele era muito aplicada aos estudos, lia convulsivamente,
queria as carpideiras oficiais da família,
o réquiem ininteligível de brahms a tocar ao fundo numa língua estranha,
amarrando-os num intuito comum:
a perda de mim,
num mergulho mudo

não há falta no espaço que sofre inânia de presença,
Eu não,
nasci sem referências:
a traça que tragava a memória,
como num evanescente quadro inanterífero;
de mim
nada viria
nada veria
nada voaria.

sou um pouco de pó,
só,
pólen de esquecimento infecundo.

mamãe avistara crescendo um fungo ao redor da pia,
fúnebre,
utilizando-se de dotes camaleônicos fugia do olhar analítico,
estendia-se nos limites apropriando-se de resíduos afetivos que
esquecêramos por ali,
crescia,
nós é que deveríamos tremer frente sua impassível paciência
morosa, roeria nossos ossos quebradiços do cansaço inexpugnável,
sacerdotes de ausência,
fungos, bolores, mofos amotinados;
minha mãe,
minto descaradamente,
ela nunca foi minha mãe,
foi só a mulher que escolheu meu nome,
deu-me leite,
essas coisas;
meu pai sim,
sempre cumprira com seu papel,
era irrisório.

corredores inacessíveis foram-me apresentados no que parecia ser um hospício,
pessoas,
intransitáveis simulacros pairavam junto a cada porta;
as órbitas das estátuas
comeram o concreto do cosmo material.

a casa é um organismo auto-regulatório que dá conta de se
esconder,
como se fosse perpétua;
— Laura José, não me vai faltar na aula hoje, hem?
disse então maternalmente minha suposta mãe ao me ver, ainda
completou
— faça já essa barba menina, está parecendo um matusalém,
já meu pai disse
— José Laura, e essas unhas pintadas?! criei filho para ser menina
agora? veado? só o que me faltava, né?!
a mãe emendou na mesma frase
— e eu eduquei filha para virar lésbica agora?!
ambos do mesmo lado,
inconformados com meus inconclusos contornos.

inodoras,
as paredes do meu íntimo manicômio inchavam na infiltração
diária,
milésimos-segundos fluviais,
ouvia-se a água que me faria inclimatável no futuro,
vibravam as ondas incipientes que molhavam uns pés,
muito parecidos com os meus braços;
a enfermeira entrara novamente,
observava ali da obscuridade pelas narinas,
soava meu violino interno na captação dos sons ressoados de outros
interiores,
ela pisa feito minha mãe,
quando me internaram no manicômio recordo-me da roupa incolor
dela,
a mesma de minha mãe,
um tipo de capa de chuva para proteger-se dentro de casa,
subi uma escada: a de casa?
tamanha similaridade que eu diria a mesma se ousasse ousar
recordo-me vagamente do assalto que aconteceu em casa num
passado aí,
encontramos a casa justa em serenidade,
mamãe parecia ter se banhado em gesso e secado ao sol,
perambulou imóvel com expressão inalcançável
incomodava-a menos as perdas,
o que aparentemente fora levado de nossas vidas,
mas sim as poeiras ressuscitadas,
o cotidiano outrora,
dias amontoados em dias todos os dias,
os colchões ao chão,
a segura porta do quarto removida,
nada havia sido levado,
gesto que inferiu uma marca inapagável no rosto de papai,
até o tumulo ele levaria aquele vinco na testa,

único companheiro;
regurgitaram nosso passado,
ali a boiar ao som da torneira aberta,
itens inteiros,
inquebrantáveis,
deslizavam no chão molhado,
mamãe observava como cada santo,
cada sacramento,
cada hóstia ali profanadas,
neutras no piso frio,
moeram nossas vidas ao deixarem intacta,
democratizaram nossa memória familiar ao tornar cada item
escamoteado res-publica,
resgataram as imersas linhas de conveniência que nos enleava;
éramos cada qual saltimbanco,
títere,
ventríloquo iníquo da própria fala,
ator,
diretor,
roteirista,
às vezes câmera,
tomada de ângulo,
close-up,
um cenário cansado do próprio filme.

Lúcia repetia num moto perpétuo a história de seus últimos dez anos,
todos os dias,
minha única companheira no manicômio,
contava os seus dez anos de vida,
inexistia um antes ou depois,
saíra quando tinha quarenta e seis anos,
mãe solteira de quatro filhos,
perdeu um no tiroteio do bairro
inalterado o preto cadáver brincou de pique-esconde por quatro dias no mato,
só os vermes brancos de companhia,
quando ela encontrou o moleque,
inaturável,
desmaiou no ninar da imagem inscrita na interna pele das pestanas;
uma vizinha disse para ela: — mulher, você tem parente lá, cidade sossegada,
você não tem emprego fixo mesmo,
faxina você arruma em qualquer lugar;
Lúcia tinha o branco do verme incamerado aos olhos,
piscava e lá estava,
roliço,
torcendo-se ao redor de si mesmo;
foi-se Lúcia para pacata cidade
mudou-se para um bairro que era um tipo de interior no interior
no primeiro dia sorriam com dentes brancos para Lucinda
leucofóbica sorria de volta num imitativo gesto inocente
ajudaram-na os parentes
o Tio,
sobretudo,
logo estava íntimo da casa, entrava e saía sem aviso;
o hábito de passear pelas praças amainavam as intempéries de Lúcia,

voltou para casa,
apagada as luzes
— ah essa meninada cochilando essa hora,
ouviu que sufocavam um choro incisivo,
algo pegajoso amalgamava-se ao lençol,
a menina aberta na cama;
o Tio nunca mais voltou para visitá-los;
Lúcia,
seu olhar fixava o atrás dos objetos,
a sombra deles,
o eco indeiscente,
o cisco nas dobras da pele
sem origem,
genealogia,
Lúcia era um lapso na história.

permitia-me,
há cada tantos dias,
uma curta caminhada,
não bem com as pernas,
movia-me na insensatez,
descia as escadas de olhos fechados,
narinas apagadas do corriqueiro
às 4:50,
nunca antes ou depois;
às 4:50 acontece a suspensão,
nesse horário o mundo todo se fecha para trégua,
marginais, artistas, putas, escritores, travestis, criminosos,
quietos;
preparam-se para trabalhar os funcionários assalariados,
chefes psicóticos,
ninguém sai ou entra em casa às 4:50,
não há casa às 4:50,
as corujas esperam nas tocas,
os galos aquecem as vozes
às 4:50 interrompe-se a existência,
algumas pessoas sem acento sentadas nas sarjetas,
sílabas átonas,
equilibristas do purgatório entre a consciência e o sono;
é quando saio para recolher os resistentes resíduos
hibernais,
prazeres presos na guimba,
nos solados,
papéis rasgados,
camisinhas amarradas,
folhas outonais escondidas em sacos de salgadinhos,
vazio
sorvo o inafugentável de cada sobra,
a presença dos timbres mudos,

in articulo mortis.
colava no escuro do quarto as aleatórias peças do espólio anterior,
formava um vitral indesatável das dores;
grafados no index daqueles vestígios
trilhas quase apagadas da presença humana.

vazou na internet,
em pouco tempo estava na *deep web*,
fez um sucesso tremendo no leste europeu, nos balcãs,
principalmente na sérvia,
nos estados unidos
e no brasil;
falaram que foi um policial que gravou,
espalhou rapidamente,
depois proibiram,
aqui, nos estados unidos e na sérvia, choraram três rapazes
parecidos,
perderam a chance de ganhar uma grana
três pizzas foram esquentadas,
enquanto o vídeo carregava no computador,
deram o play e comeram;
o primeiro policial desmaiou logo que entrou,
o segundo,
mais experiente,
tremia convulso;
Lúcia sentada ao chão fazia sua refeição,
um pulmão intacto em sua palma,
pedaços dos filhos pela casa,
sagrados,
improfanáveis,
a prole agora protegida de Lúcia;
ingeria crendo que voltariam às trompas,
aos óvulos invioláveis,
mergulhados ainda quentes,
no *intra mundos* de si mesma.

não sei se meus olhos estão fechados,
ou
se a melancólica falta de luz me cegara enfim;
a tinta da parede derramava a nostalgia que guardei com tanto afinco,
acordei de mim num longo sono sem sonhos,
sobressaltada,
a imagem de meu pai a se retorcer na cadeira da cozinha faz malabares em minha mente;
terminou no churrasco da segunda-feira,
na confraternização dos empregados,
outro pedaço,
aquele último com uma fina tira de gordura tostada;
observar meu pai era colocar o cotidiano *in vitro*,
falsa aparência de mesmidade,
às avessas,
o claustro de papai era a comunicação,
a expressão dolorosa da transição das coisas aos gestos vocálicos,
emudeceu com o derrame e se viu finalmente liberto,
podia dar piruetas quieto,
permear o poente preso em sua cadeira de rodas.

papai verteu as lembranças num sanguinolento colapso cerebral,
voltou a queda da infância,
de quando escorregava da jabuticabeira,
e,
caía,
deixando-se ficar estendido sob centenas de olhares,
mudos;
finalmente alcançou a vontade infantil,
não mais se levantou de si,
seus grunhidos eram
um farfalhar de folhas num jardim privado.

mamãe quem passou a cuidar de papai,
começou pelos pequenos maus-tratos,
que
exponencialmente aumentavam de volume;
já que não encontrava nenhuma amurada,
nenhum limite,
a violência era deixada à veleidade criativa de mamãe,
frenética enfiava na goela de papai uma colherada de comida atrás da outra,
ódios escondidos na penteadeira surgiam nos militares gestos com que mamãe penteava a cabeleira de papai,
tufos de cabelos dividiam-se entre o pente e o chão,
a fragilidade de papai era toda cabelos,
formavam pequenas bolas de pelo que se escondiam novamente,
numa fuga sempre lenta.

mamãe era uma artista plástica da rotina,
só ela conhecia as sutilezas,
os matizes de cor,
aparentemente improváveis,
que a tortura propiciam,
numa fala sussurrada
– imprestável, só me enche o saco,
também ajeitava sua camisa dando beliscões que fundiam pele,
tecido,
e mágoa.

os homens mais normais guardam as maiores vontades transviadas,
mensagens desconexas em forma de desejos pontiagudos;
papai desde muitos anos deleitava-se em entrar no quarto de despejo,
e acender a luz verde,
acendia a luz,
ficava horas ali trancado,
sobretudo aos sábados
rodeado de objetos rejeitados que nunca mais usaríamos,
guardados pelo simples contrato de não despejarmos nenhuma memória fora;
desprovido de linguagem papai descobrirá em seu fiorde a inessência da palavra,
papai ouvia ecos de tempos inolvidáveis,
mudo papai libertava-se dos grilhões do verbo,
na ausência a presença da ausência,
na presença a ausência de ausência,
ainda assim presente,
ainda mais ausente.

não nasci triste,
não,
nem a melancolia de meus gestos eram fruto apenas de uma causalidade estrita;
melancolia não é luto,
não é sensação de perda do objeto desejante externo representado na consciência,
é a constante perda de um objeto abstrato,
ainda incriado,
mas não só inédito,
é um além preso no horizonte escuro,
fluxo indescritível rumo ao Nada indireto;
a melancolia é a suspensão do absoluto,
o velório da verdade,
a dúvida de duvidar-se existente.

dos sonhos que me acometiam,
vi-me uma deusa onipresente,
onisciente,
um demiurgo,
que resolve forrar a extensão da terra com um líquido linolear,
escorregadio,
ao ponto de permanecermos eternamente horizontais,
deitados a deslizar perenes.

papai no tempo não retroagia,
não avançava,
nem respeitava os retilíneos ponteiros que ao meio da sala
administravam nossos hábitos;
após o derrame o tempo imantou-se em papai,
os minutos eram todos calculados na inamobilidade,
como se papai tivesse se transformado em uma elegante clepsidra;
às vezes folgadas fuligens pousavam em seus cabelos,
cobriam seu rosto,
como infinitas vírgulas espaçadas em uma folha amassada,
piscava os olhos visivelmente incomodado,
mamãe observava calada ao seu lado,
na área da casa desterrada.

papai na sua ausência de utilidade tornou-se uma relíquia,
uma clepsidra rachada que fascina apesar de vazar líquidos em suas valetas,
perturba por sua obsolescência,
resistente às intempéries das estações,
inútil objeto que se funda no próprio fincar passivo,
frágil,
improvável,
impassível baliza do impossível.

o último evento abalou o fraco peito de papai
vovô morrera;
fiquei incumbida de carregar o caixão ao lado de meus tios,
moleque que era tinha a obrigação de sustentar a feminilidade
perdida de papai,
porém meus masculinos tendões sofriam com o pesado defunto,
já pensou se eu deixasse escapar?
iria presunto para tudo quanto é lado;
essa imagem de vovô a rolar morto
reacendia em mim um riso a muito perdido,
de rosto inacessível fingia pairar em meu próprio eremitério de
sofrimento,
crispava os lábios para não cair em gargalhadas.

Allegro

vovô tivera uma morte anormal. dono de tradicional marcenaria aqui da cidade, vivera seus tempos de glória antes do plástico desbancar a madeira. recuperava-se da franca decadência por conta dos endinheirados que queriam as toras novamente. móveis rústicos com a cara de refinados. vovô arranjara briga com um dos empregados, invocado, típico patrão que não aceita insubordinação de funcionário assalariado, mandou o marceneiro à merda. dormia tranquilamente, sozinho desde quando vovó morrera. felipe arrombou o feixe da porta, entrou na maior finura, levava no braço a serra-mármore.

subiu pé ante pé, a porta entreaberta mostrava vovô num sono infantil. ligou a serra na espera que o velho de um salto só se pusesse em pé. por conta do ruído. vovô não acordou. felipe separou pescoço, tronco. fazia assim com os braços das cadeiras. esguichou.

felipe tinha espírito de artista. escrupuloso separou com perfeição os braços, pernas, tronco. vovô-lego. felipe fez do decrépito corpo uma bonita instalação minimalista. aos pedaços. misantropo o coração de vovô enfim ficara sozinho no tranquilo travesseiro amendoado. agora frio, vovô contemplaria, quiçá, as sutilezas das sensações intermitentes que um dia o suturariam.

virou piada na cidade. estava tudo esquisito, o silencio de vovô parecia um consentir inesperado, falta grave. era tudo bonito, bonito demais. tudo organizado, certo, em seu lugar desde sempre.

deu na autópsia: vovô tinha morrido de enfarte meia hora antes de dividido. e aí o assassino era assassino de um morto. tinha cometido um assassinato amplamente planejado, meticuloso, artístico. deu na cidade toda que o coitado nem para matar servia. matava defunto. atarantados procuravam no código penal alguma fresta, uma deixa.

os advogados queriam o caso por toda lei, já pensou defender assassino de morto?

acharam o coitado numa árvore. bonito, pausado, ereto, parecia um ornamento moldado na graciosidade do tempo. um arabesco de terno magro, jeito basco, calado. os olhos arreganhados a comer a paisagem. o funcionário da prefeitura que o tirou de lá ficou até com dó. não por ter ido dessa, nada disso. o ruim era mexer com a beleza das coisas, era lascar uma estátua do brecheret, profanar um jesus numa igreja barroca de minas. felipe dependurado festejava num festim só seu, velando engravatado o túmulo de quem logo viria.

Lúcia passou a compor bagatelas, era uma artista de riso frouxo. dançava enquanto pintava, funcionava a arte terapia. cheguei a servir de modelo. colocava uma mão no sexo e a outra enfiada nas narinas, assim dava um tom absurdo. a danada fazia bem, tingia-me e depois fazia com que eu rolasse pelado pela tela.

ficava uns esbarrões bonitos. um borrão escondido em outro borrão. um mistério dentro de outro mistério. fazia-me cócegas com uma pena que conseguiu sabe-se lá em cada contorção o gesto impresso da risada ia fixando-se.

um quadro alegre, dizia. eu tinha de rir. rir até o desespero de não saber o porquê do riso. de rir ao acaso como se a vida existisse de fato. toda casa é um manicômio de si, menos Lúcia. Lúcia é a mãe dos risos. a fome em efígie por detrás do nome, do sorriso

só deitado em branco.

escrever um livro. autobiográfico. autofícção que é moda pelo que sei. eu e Francis e podia matar alguém e colocar mais um personagem escritor. tudo parecia vago. espectral eu poderia passar de um cômodo para outro, de cidade, país, sem saber se sabia de algo.

pensei num personagem-narrador que fosse escritor e aí vi que era outra moda, esbarrava em modas. resolvi fazer um personagem que não se sabe e só sabe da sua escrita. e que começa estranho e vai ficando lúcido e não sabe por onde vai e tem mais um punhado de histórias esquisitas. mas ele quer escrever um livro e aí faz uma personagem que é uma menina meio perdida no mundo (quem não é) e que encontra um outro menino perdido e fica tudo bem já que agora são dois perdidos e um já pode ao menos achar o outro. mas o menino também quer ser escritor e por isso é junto e sozinho. a menina também (será que são a mesma pessoa?) e cada um tem um personagem narrador que quer ser escritor. e os personagens das personagens (que são também personagens) acham que há algo estranho e mudo (como se fossem personagens) e passam a escrever um romance sobre ser escritor. e cada um com um personagem que comete incesto. e no fim só quer escrever e escreve. cada personagem faz uma personagem dentro de uma personagem.

aí por fim o último personagem não quer mais escrever e acha tudo isso um saco mas começa a sonhar com um escritor que não consegue escrever e ainda assim vai escrevendo desse caminho de não-saber.

papai foi sendo esquecido. mamãe já não o alimentava. pulava dias. importava-se mais com o coque do cabelo sempre desfeito de mulher apaixonada. delicadamente passava horas no espelho despenteando cada fio. num ar de quem acaba de levantar, como nos filmes de hollywood onde ninguém come, escova os dentes ou existe. e ainda assim é bonito de rosto lavado.

no início só um amigo de infância que vinha dar as condolências pelo marido. àquele que sofreu de Sibéria dos movimentos. de um resfriado das palavras. depois voltou algumas vezes com a desculpa de que "e está tudo bem com você?" e "como tem conseguido lidar com tudo isso?" além do "você é uma mulher muito forte" e começar o "lembra da época da faculdade?" e continuar no "sempre te achei tão inteligente" até acabar no "sabia que naquela época eu cheguei a gostar de você?"

foi ficando em casa até que se ficou de vez. papai de dois em dois dias era alimentado, às vezes. não davam mais banho nem nada. era só o tempo ali concentrado naquele corpo quieto. a derme se desprendia numa poeira fina, num desespero que ganhava matéria e se despia lento. um dia papai morreu, ninguém notou. nem Eu.

Francis vinha sempre no escuro. habitava o manicômio comigo. sussurrava cheio de uma vontade secreta palavras como "laura, é você mesmo, laura?", outras "josé, por que, josé?"

acabávamos sempre molhados, afobados antes e exaustos depois, era tanta perna, braço e órgãos externos, internos, estruturas ósseas, endorfinas. entrava nele e saia em mim enquanto em mim cavava e brotava nele.

cheguei a desconfiar que nunca era francis. que alguém podia ter tomado o lugar de francis para se aproveitar de mim. aí lembrei que não tinha proveito. francis era o verdadeiro, sabia que era. deixavam francis vir me visitar onde estava ou era eu mesmo quem deixava? meu quarto. sabia que esse era o meu quarto. não importava onde, se no manicômio ou em casa. era o meu quarto: é perpétuo o quarto.

papai ficou no jardim longos meses, anos ainda, não sei. antes de morrer mamãe estava embrenhada com seu amigo de infância. papai via. ficava no mesmo quarto. mamãe gostava que papai pudesse acompanhar sua performance. criticar ainda que só para si suas escolhas.

não morreu só de descuido. chegou o momento em que o espetáculo todo enojou mamãe. comprou dez tubos de *karo* e melou papai com o amido que tão mal imita mel. Pincelou fazendo um caminho de dor desde o formigueiro.

assistíamos numa câmera lenta. iam comendo e comendo. ia desaparecendo e desaparecendo. por detrás da cortina de pele, músculos, gordura, finalmente os ossos brancos de silêncio. ninguém dispensa um banquete, mesmo sem convite foram aparecendo outros insetos na balburdia, coleópteros vestidos em trajes berrantes, outros num hábito negro de luto antecipado pelo cadáver adiado, lacraias crepitantes numa fina casca crespa. dançarinas se retorciam no colo de papai onde havia de antes um tecido.

agora ausente.

Lúcia mordeu-me sem nenhum aviso. arrancou-me do braço um naco enquanto eu ria desvairadamente. alguém socorreu e arrancou logo. eu acho. e eu não podia entender nem confiar em Lúcia e por isso me aproximei mais. fiquei dentro dessa amizade que surgia.

não deu tempo de devolver, Lúcia mastigou o pedaço e nada no mundo a pararia. ninguém entendeu, mas eu entendi. compartilhava comigo sua dor que não cabia em frase nenhuma. ainda que escrita por poeta afogado em sua própria fossa. Lúcia era a sinceridade do acaso pintalgado em dor de perda. mas vivia colorida, tinha o hábito de lamber as tintas para tingir a tela. seu hálito, nos pulmões, eram salpicados de azul.

Lúcia formava nas mãos o acaso
num leve agasalho de argila,
um acaso, queimando esquecido, como num ocaso.

papai ali decomposto inteiramente derradeiro inefável. trepadeiras surgiram ao longo dos dias. suturaram os sulcos da cadeira de rodas. acolheram os restolhos de papai num frondoso abraço. raízes de um verde bulboso costuravam de dentro para fora desde um fora para dentro.

papai movia-se agora em planta. retrato do artista quando árvore. ali pausado emudecia o espaço emoldurado. era um tipo de forma humana em que flores, fungos folículos de ferrugem, agitavam-se ao sabor da brisa.

farfalhavam nos ermos de papai os resmungos de folhas secas, reclamavam ríspidas das vizinhas ainda vistosas. nos ocos de papai estalava o universo miúdo. micromovimentos nessa nano vida dos insetos. papai nasceu para lápide. na ordem das coisas desviou-se

antes de ser parido.

papai nasceu para perenar. seguia nas noites quentes os bailes de formigas.

versalhes dos micro-organismos. era eu a expectadora.

papai, o artista ulterior do passado insuperável, papai, um teatro do insuspeitável.

Lúcia largou os pincéis. passava no meu corpo uma bucha orgânica. colhia as poeiras das peles que se fixavam nas minhas saídas noturnas. recolhia morosa cada instante de fuga.

fumava. apagava o cigarro como remansada em si num cinzeiro de vidro vivo. emitia quieta silêncios pelos olhos. raspava a cinza em pele carbonada. depositava no lilás cada pedaço de mim e de si. transubstanciava a cor num pulsar de queda.

só depois de dias, às vezes semanas, Lúcia pintava usando os cotovelos. as narinas, orelhas. certa vez ciciou uma tela inteira com os cílios. a pintura parecia murmurar algum segredo imemorial de quando a espera não se entediava de esperar. de quando as rochas afagavam-se mutuamente ao recolher os despojos do tempo. ali fora, ali mudas, ali intransigentes, de quando o mais vivo dos seres não passava de calcário.

diluído por qualquer banalidade. antecâmara. tetravó do fêmur infantil daquela criança que hoje corre desesperadamente atrás da bola dentro do manicômio sem janelas de se ver, de portas de se escorar. livre

inteiramente mudo.

até deparar-se com a tranca no íntimo e descobrir que o ferrolho da cela é mais leve que o afago do hábito.

francis vinha feito alguém que estivesse sempre ali por debaixo da cama. ou num esconderijo desde o íntimo do piso concretado. assaltava-me na memória. contorcia meu delírio com a boca escancarada. cheia de um vitral de palavras descoladas: "você", "quero", "não", "quem?", "mãe", "deixa", "veio", "quando".

jogava no meu peito de menina as incertezas e eu acolhia meio frouxo. sem saber o que fazer com aquilo tudo. por fim ria de um desespero bonito. de um formigamento que me subia desde a língua até a alma e me atrofiava os afetos. queria dizer que o amava. que era com ela que queria me casar. e nossos filhos repousariam em suas trompas enquanto eram gerados no meu útero.

queria fazer como Lúcia e colocá-lo ali também. naquele vácuo mordente cheio de trinados, estribilhos, quiálteras do fascínio. esculturas ali eretas, deitadas, contidas, cápsulas da música em descanso. queria desfazer Francis para que ele não fenecesse nunca. esmigalha-lo e deixa-lo como sugestão de alguém que não veio e nem poderia porque era só uma semente infrutífera. se possível queria aniquilar o pai de Francis para que não houvesse semente. acabar com a mãe para extinguir qualquer morada possível. Francis seria um tipo de eternidade sem rosto. mudo numa ideia que não veio porque o idealizador estourou os miolos antes que ela se insinuasse. Darcy seria a mulher da minha vida porque ficaria do lado de lá. desse lá em que não cabe nenhum lá. nenhum cá. Francis era a virilidade feminina que me sustentava, a sensibilidade masculina que

me fecundava.

todas as pessoas felizes são iguais. as infelizes são infelizes a sua maneira. minha busca incessante voltava ao ponto mesmo de onde partia meus soluços. chorava na simples memória de repetir o gesto das lágrimas. a salgar o rosto nessa cadenciada descida. cada gota a forma de uma tristeza que nunca fora minha. sofria de certa ausência de tristeza ímpar.

doía também em mim. mas só também, também em mim. como em qualquer. toda singularidade parecia por demais fajuta, por demais geral. meu braço parecia ser tão meu quanto podia ser o almanaque de colorir na sala de aula, em que cada dedo rechonchudo numa crueldade ainda contida já treinava o pintar incessante que seria o rito dos dias cinzas.

descobri quando pequena que a escola era um zoológico de almas treinadas. um picadeiro em que se usava o chicote da língua para manter posturas já de corte. dali sairiam os lideres natos, os puxa-sacos, os fofoqueiros congênitos, os secretários humilhados pelos lideres natos. a vida empresarial já dava as caras ali no Jardim III. mijei só de pirraça na bolsa da professora. nem era propriamente de pirraça. acho que estava apertado e só. mas se agora choro de maneira sincopada é para não perder nenhum momento de sofrimento. o trágico é obsoleto. um palco entregue as cortinas imóveis. tão obsoleto que passo as lágrimas como gotículas de perfume guardadas num mar morto de mim. passo no pescoço, dos dois lados, depois nos pulsos. aproveito para borrifar com a ponta dos dedos nos lóbulos das orelhas. líquidos fiapos, reminiscências em maresias. como num distante cheiro de pranto em algodão de dormir.

notei há tempos que o manicômio não é nada mais do que um aquário. meu quarto não passava de um átrio calado. e eu ali. às vezes um abajur que não jogava luz nenhuma. a cama rachava lasca a lasca. a penteadeira ausente de espelho servia como frio suporte para livros de antes. uma mesa com formato outro.

um suporte de ideias que se escondiam nos armários. quietas, dormiam nas gavetas ursinhos de pelúcia deixados por pré-adolescentes. ali inútil o rádio que chiava baixinho a linguagem quase incompreensível dos desesperados. o cansaço surdo de um Beethoven *in memoriam* que raspava os sofrimentos. eu deveria ter sofrido e me esqueci de sofrer.

acordei grávida, antes do almoço tive seis abortos. estava na guerra desnudo e cantava. cantava árias inteiras na expectativa de ser um algo. não saía de lugar nenhum e ia para o nada. quem decide de vez o que fará com a vida, quem traça com passo forte o futuro pisando nas gramíneas do imprevisto, reto, reto, era convexa, descobri-me côncavo: uma cova aberta para dias nenhum e ia numa queda horizontal numa vaga queda desde o acaso. um deslize bobo lateral, perpendicular a mim me via cair. arfava num beijo contínuo as omoplatas junto ao chão. tomei comprimidos brancos, violáceos, verdes, rubros, gotas, pequeninas gotas inaudíveis num pedaço d'água. e tudo na queda inconstante desde o acaso. tomei florestas geométricas inteiras. cada minúsculo tijolo ingerido suava na construção da sanidade. nasci uma catedral a pairar nos arcos ogivais. vitrais cromáticos de sutilezas inomináveis. abóbadas, torres verticais num bege de pedra melancólico. feito em relevo dançava ainda que inerte. mas queriam-me uma casa, alvenaria, laje, lavabo e portão eletrônico, cachorro no quintal. era um bellini nas gôndolas do carrefour.

do jardim papai alastrou-se por entre as gramíneas. enraizou-se lentamente num enxerto natural. retirar-lhe dali custou-me o delicado esforço de quem poda um bonsai. aos poucos dei-lhe mobilidade.

as rodas da cadeira já tinham se arrastado numa volta genética, eram minérios novamente. ainda assim moldava essa frágil matéria que era papai.

depois da morte de papai, mamãe passou a dormir na sala de estar. não visitava mais nenhum cômodo de cima do sobrado. dividíamos os ambientes entre um paraíso decaído do primeiro andar, meu feudo de almas mortas, e o inferno sublime do térreo. a luxúria báquica de mamãe desprendida nas almofadas, tapetes, sofás, encharcados num gozo encarnado de *animus* e *anima*. deitada inteira delgada. gazela desgarrada com o macho ao lado. subjugado pela presença inebriante de mamãe. a sala agora era uma savana. banhavam-se pouco. o alimento escasso chegava por pedidos intermitentes. ouvia-se ao menos doze badalas ao dia o sino de mamãe gemente. a ópera wagneriana em que isolda berrava além do necessário. era esse transbordar vocálico os píncaros da falsidade. montanha de isopor que compensa sua mentira de pedra no desmedido da altura.

a primeira vez que vi Lúcia foi no delírio embalado pela morfina. nossos ritmos foram descompassados, desde o início. Lúcia dançava tango e eu era a sombra de um dançarino de butô num dia nublado.

a verve da pele fremia em Lúcia cantos bantos, também a polca tcheca, o frevo alagoano e o balé moscovita. magra era uma matriarca do ventre aberto, arejada. Lúcia era um jazz tercinado, o balanço profundo do *soul*.

eu era um Arvo Part emperrado. letárgica nasci mirrado. o médico deu no máximo dois meses de vida e já tenho mais do que isso. sou vencida, passei do prazo. velho, drogo-me de ironia num tratamento prolongado de artrite da existência. cresci rangente, feita em tábuas soltas que assustam-se entre murmúrios. fico na espera de passos que nunca vêm.

pior que a mudez de uma harpa sem cordas é a frustração da tuba dourada.

impecável.

isenta de bocas para beijar as notas, ali enterradas em cobre.

a felicidade de papai estampada em seu sorriso tíbio. tão cheio de uma vida que nunca tivera antes. papai alcançou a mocidade depois de morto. uma criança num parquinho temático só dela. e falava, falava mais do que nunca.

zumbiam insetos. crispavam as asas no condomínio que papai agora era. debaixo das costelas viviam famílias inteiras de fungos. completamente arborizado por dentro. na cobertura dividiam o crânio casais boêmios de louva-deuses. gafanhotos ululavam no fêmur de papai. desde as omoplatas um imenso líquen dominava sugestivo a extensão das costas.

um campo aparado desde sempre. a umidade fresca de uma tarde outonal, regada àquelas chuvas torrenciais que deixam de vir no verão para surpreender os meteorologistas num dia inesperado e pegá-los de supetão a fim de bagunçar as certezas dos satélites. papai mantinha em si um imenso jardim suspenso, babilônico, matizado em cores que fariam monet desistir de seus nenúfares. crescia em papai os universos cromáticos de pequeninas vidas desgarradas, concentradas num ponto do mundo onde o acaso marchava isento de tempo. na mão crescia, ali em seu carpo, lírios esguios. do metacarpo rudes azaleias explodiam naquele rosa queimado quase brega. deselegantes violetas saiam das falanges, desenxabidas de narizes empinados na sua pequenez. papai, homem tão pouco romântico, agora levava consigo um buque inesquecível.

faria com darcy uma pira cheia de escritores, pintores, homens de letras, músicos, poetas, escultores, cineastas, atores, dramaturgos, *performers*, instaladores, intervencionistas, malabaristas, contorcionistas, artistas circenses, desenhistas, cartunistas, quadrinistas, compositores, arquitetos, acadêmicos, físicos, seres de terno e gravata, de saia tai-dai, historiadores, filósofos, críticos, antropólogos, sociólogos, psicólogos, cientistas políticos.

mas principalmente de escritores, uma separada só com escritores e poetas, sobretudo os marginais, que seriam bem alocados nas poltronas centrais. os subversivos, transgressores por cima: visionários que acreditam ser, medianos em ombros de anãos amadores. os de romances baratos, os romances baratos que parecem caros, queimariam bonitos. erigiria sob os destroços um mausoléu num estilo *flamboyant*, cheio de nervuras em alto relevo desvelando dolorido por sob a epiderme a arte acobertada por essa camada de gordura branca, um odor de idiotice.

Lúcia, só Lúcia, que aprendeu o fazer que se desfaz, as mazelas do silente inacabado, destrinchou, reinaugurou lascaux, despretensiosa Lúcia não falava de pintura, também não era ignorante, nem intuitiva, não era desses pequenos torvelinhos corriqueiros que chacoalham as folhas para que elas desçam no mesmo lugar, era uma era geológica de quietude glacial, milhares de anos contidos na abertura de um sigiloso canyon, fixava o esquecimento na ausência de reminiscências, artista era Lúcia.

enfileirou os médicos, enfermeiros, cuidadores numa sequência incoerente de acordo com as veleidades que surgiam. um pançudo para cá, uma nariguda para lá. o acaso exige critério indeterminado, vontade inscrita em obsidianas opacas. de fora só um surto, Lúcia parecia lunática, mas não.

lúcida, inteiramente lúcida, não era apolínea muito menos dionisíaca. era uma Deusa que ingeriu solitária os desvãos do onírico. rainha solitária num mundo de dominós marcados. cada palavra balbuciada por Lúcia era o reinaugurar dum deserto sempre aberto e antevisto. de um marrom por demais sóbrio. ali os doutos, empertigados com a experiência que pulara para fora do tubo de ensaio.

fora do divã, dos medicamentos, e cada conhecimento bonito, livresco, tecido à duras penas por mentes sãs era arte terapia ou terapia da arte ou arte da terapia. engavetados no próprio imbróglio Lúcia quem dava as cartas. tapou com chumaços de algodão e com precisão cirúrgica foi pintando a parede num verde malva. usava por pincel o narigão. com a pança traçava elipses, quase planetas prensados por sob a lisível parede do manicômio. pululavam imagens saídas dos becos, cada médico um rolo de tinta roxa. os cuidadores de azul royal sapateavam na parede apoiados nas costas dos enfermeiros. compositora, maestra e musicista, Lúcia compunha, articulava e tocava a um só tempo à pauta de presenças inodoras ali sob o cal obtuso. do manicômio de doidos extraia os sorrisos do doravante manicômico.

a primeira vez que pressagiava um espelho limpo inteiramente defronte em que pudesse finalmente me esconder. já nessa altura da queda alguns babacas identificar-me-ão andrógino, isso mesmo andrógino, andrógina.

detesto david bowie e pareço-me com ele na mesma medida que detesto andy warhol. essas latas que não passam de uma metáfora disforme da subjetividade amorfa dos próprios. também sou uma lata, apenas um invólucro numa carne que acorda sempre dessemelhante a si mesma. dirão que é meta-literatura. que é meta-arte. que é metafísica. até ontologia. mas é só intra-física.

o esboço desenhado em borracha desse labirinto sem paredes. só uma fratura simplesmente exposta muda. como quando o moleque desce a rua na toda sob uma bicicleta sem freios, saboreando no palato o augúrio acobreado do baque iminente já escancarado desde o primeiro pedalar. esse pulsar suicida que acompanha o riso nas coisas tolas. tolhidas num átimo de civilização em suspeita. o adular da língua na dubiedade do limite. as minhas tatuagens feitas em canetinhas tristes cobrem-me a pele emborrachada, sou a boneca espoliada no êxodo infantil. o pequeno chumaço de cabelo artificial sobrevivente numa careca entumescida de desprezos úmidos. a ausência que tragou desde o guarda-roupa aberto as memórias apartadas do que se apaga sem nome. a matéria do esquecimento por debaixo das vistas empoeiradas.

e as vozes de mamãe interpenetradas pelas sombras de papai. e o eco insistente de cada objeto comezinho que cruzava comigo. falantes, lancinavam com a língua lampejos constantes. lépidos modulavam incessantes num entrecruzar que ausentava o silêncio de qualquer participação. havia uma massa de timbres desconexos que numa imensa onda sonora anelava o espaço ao redor de minha cabeça que nesse momento já não era nem minha.

e nesses lapsos descobria-me um devaneio de Lúcia.

aos pedaços.

queria rasgar darcy francis para finalmente ver-me livre do descaso fingido dessa preocupação cotidiana que se esvai antes mesmo de chegar. do ciúmes contido nos cimos de uma alegria banguela. decidi-me por mata-lo sem dó. na próxima vez que ela aparecesse por aquela porta sentiria o derradeiro golpe dado pela mão que tantas vezes enfiara quase inteira na boca antes do frêmito que preambulava os espasmos.

a lentidão da pele suada por sobre o chão isento de lençóis. nesse contraste entre o enregelado dos pisos entrepostos e a quentura do ato. aguardei na sombra de mim o ensejo da forma espectral de Francis embebida em seu perfume particular de asfalto, com acordes secundários de pressa urbana e uma nota de fundo que rescindia a vidro estilhaçado por sob papelão adormecido. assim que ele chegou eu desferi o golpe fatal, sem compaixão alguma lancei numa só facada: - eu te amo.

a compleição física de francis, pequena. a menininha que era jamais suportaria a densidade de tal frase descarrilada num rompante de ferro. aliás, o físico másculo de músculos feito entre machos na musculação de darcy murchariam. um dardo lançado pela zarabatana do aborígene no bote inflável de um aventureiro arrogantemente despreparado.

restava afogar-se, francis, nesse liso lago sem talos.

águas densas que saturavam os alvéolos ainda na íris dos olhos.

sentia que papai estava apreensivo. murmurava conjecturas que foram caladas desde muito antes de sua morte. podia sentir o amarelidão que os ossos ainda sem musgos deixavam aparecer. papai era um esqueleto tímido, esguio e um tanto esquivo.

cochichei na cave que dera lugar a sua orelha encarnada. confesso que papai ficou mais bonito assim, isento de orelhas, parecia mais concentrado do que nunca. podíamos finalmente ter nossa relação pai e alguma coisa.

eu era o filhão com quem ele iria encher de lacinhos nos cabelos e contar historinhas de fadas equidistantes. a filhinha com quem tomaria uma cerveja, falaria de mulheres, das trepadas, de carros, motos, injeção eletrônica, direção hidráulica, paetês, bandas de metal, vestidos e seus caimentos e modelos. papai estava mais próximo de mim do que nunca. ali estava a antecamera do hospício onde viria parar na continuação do hospício de onde vim: o útero de mamãe, da casa, do mundo. da carapaça coberta de dúvidas onde eu era toda fora de mim mesmo: meu corpo.

papai ficou calado com os olhos, já há muito digeridos na barriga dos besouros estalados. circunscrevi mamãe e seu macho com gasolina, fiz nove círculos e no último coloquei um ar condicionado portátil ligado, creio que por puro espírito de heresia. despertaram de uma só vez num pulo ardoroso.

divisei em meio aos berros de mamãe as frustrações do seu macho que passara de baixo a soprano num átimo, os dois aos poucos chamuscados foram dando lugar num entardecer às sombras que sempre esperaram por detrás das pernas, subalternas. dois vultos entre os nós das cinzas. no chão só o contorno formal da derradeira fotografia.

era necessário desfazer-me também de lúcia. a liberdade existe a custo do exílio perpétuo de quem vagueia pelas superfícies alheias sem bebericar em intimidade alguma. tomei longos goles do interior de Lúcia. pintei as vastas paredes que existiam ali por entre os órgãos todos dela.

agora era preciso passar uma única demão de uma tinta incolor. entre o transparente e a cor nenhuma. um esmalte inexistente que persiste num trópico imaginário por dentro dessas divisões que tão bem criamos. sentia inveja daquelas crianças com a mãe que tiveram.

mãe que no amor perene de uma deusa levara-os novamente ao ventre nos descompassos de um tempo por demais medido. lúcia libertara-os e agora era o momento de libertar-me dela. meu último gesto foi lamber seu olho vítreo, pausado extático, por dentro de um lugar sem arestas. por último arrancou-me um pedaço das costas numa mordida terminal. por fim nos despedimos. via até despencar uma lágrima clichê, memória de todas as despedidas, e eu a copiei na mesma unidade de gota salgada.

corri entre os corredores escuros com um lápis na mão. o segurança me barrou risonho, bonachão com o pomo de adão indo e voltando num engolir constante de excesso de saliva.

resolvi redesenhá-lo, finquei no junco de sua veia o lápis. alguém que descobre uma mina d'água, brotou um vinho em bordô de viscoso.

fiquei ao seu lado até que ele nascesse.

num vagar de quem assassinou os objetivos todos e dança num compasso de música ainda por se inventar perambulei pelas ruas. livre fui me desfazendo de meu pai, de minha mãe, francis deixará de existir, darcy parecia um mito antigo, narrado por alguma professora do primário.

lúcia tornou-se lucinda e logo luciano e depois lucrécia e logrou-se até um tal de latrão e manteve-se aos poucos até desfazer-se no sereno calmo que caía na fria noite de um dia quente.

quando notei a calçada em que caí eram 4h50 da manhã, ou da madrugada? Talvez da noite? 4h50 não é um horário, é o descanso de todos os horários.

entrei numa balada e ninguém me parou, sabia que o que tocava era um tipo de eletrônico produzido no lugar de uma fixação compensatória em formato de ondas pré-fixadas desde uma memória mal formulada. mexiam-se letárgicos como em tomadas de béla taar. e só depois reparei que estava o mundo em sépia.

fui andando por entre os corpos, roçando veludos, tecidos escolhidos na substituição inadmissível da pele que se mantinha ali por debaixo agrilhoada ao sabor das rendas.

no banheiro um rapaz morto. o semblante pausado no infinito. a boca entreaberta: quem engoliu em seco a palavra que seria a ruptura. aproximei-me do timbre levemente morno por debaixo da língua e ouvi. do seu hálito ouvi a pulsação do amanhecer natimorto. o único vivo num raio de milhares de quilômetros contava-me os augúrios sobre as calçadas de casas abandonadas. musgos das vidas deixadas ali em completa ausência.

e corri, corri tão completamente que desvencilhei-me de laura, também de josé e de laura josé e de josé Laura. era o ácido que se dimanava doloroso por entre músculos que se recordavam apenas do vazio substancial de um lugar qualquer.

era inominável.

a força gélida do chinelo aos frangalhos por debaixo do colchão antes do judeu caminhar para o banho que o estancaria. passariam soldados, cineastas, artistas e cotidianos. era o labirinto sem paredes arquitetado pelo *développé* da bailarina numa vaga queda desde o acaso. e ali o chinelo isento de pé, numa frondosa árvore nascida sutil desde o concreto armado. imagens desmanchadas por entre as veleidades dos instantes inenarráveis. finalmente a tundra muda numa paisagem murmurante.

eu era bastarda. agora permaneço cambiante. a encarnação da rejeição. o lado negativo do *intra mundus.*

o filho que não nasceu porque a centelha de mudança fez com que os antepassados, matriarcas e patriarcas, as sementes das árvores genealógicas caíssem num terreno rochoso, e, ali, ao invés de crescerem, decrescessem desde o íntimo do esquecimento.

Semovente: a imagem se despia no tempo enquanto íamos embora.

deparei-me com uma piscina isenta d'água. abarrotada até a borda de lapsos largados do lado externo dos dias. ali com os pés imersos em lascas de vidros inexistentes, ainda todos não quebrados, antecipava os cortes que me fariam no horizonte da mão que jogará a garrafa para fora do tempo.

estilhaços de delírios dentro de um quarto nu e só. nas teclas pretas o sorriso cindia a melodia.

improvável, ninguém dançava ao piano o som da sonata ao fundo

[...]

www.laranjaoriginal.com.br

Edição
Clara Baccarin
Projeto gráfico
Iris Gonçalves
Imagem da capa
Laiyu Moreno Forero
Produção Executiva
Gabriel Mayor

Texto revisado segundo o Novo Acordo Ortográfico da Língua Portuguesa.

Dados Internacionais de Catalogação na Publicação (CIP)
(Câmara Brasileira do Livro, SP, Brasil)

Russo, Caio
Alguém, ninguém / Caio Russo. -- São Paulo :
Laranja Original, 2017.

ISBN 978-85-928-7525-1

1. Romance brasileiro I. Título.

17-11352 CDD-869.3

Índices para catálogo sistemático:

1. Romances : Literatura brasileira 869.3

Fonte: Adobe Caslon Pro

Papel: Pólen Bold 90 g/m2

Impressão: Forma Certa

Tiragem: 300